I0829472

An adorable book of cute puns filled with love

YOU STOLE A PIZZA MY HEART

I AIN'T LION,
YOU'RE ROARSOME

I LOVE YOU
A LATTE

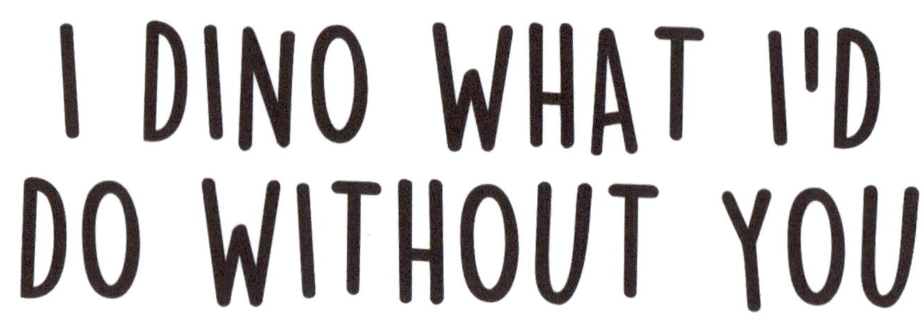

I DINO WHAT I'D DO WITHOUT YOU

WE ARE MINT
TO BE TOGETHER

THANKS FOR BEING PORCU-MINE

IT'S CORNY BUT
YOU'RE A-MAIZE-ING

I LOVE YOU FROM MY HEAD TO-MA-TOES

YOU ARE BEARY
SPECIAL TO ME

YOU OCTOPI
MY HEART

YOU MAKE
MY DAISY

YOU'RE SO
A-PEEL-ING

YOU'RE PAWSOME,
I RUFF YOU

I'M HOOKED, NOW
I YARN FOR YOU

ALL I WANNA DO IS TACO 'BOUT YOU

WE MAKE A PEARFECT PEAR

YOU WILL ALWAYS BEE MY HONEY

THERE'S SO MUSHROOM IN MY HEART FOR YOU

WADDLE I DO WITHOUT YOU

I LAVA YOU

YOU'RE TURTLEY
THE BEST

I'M MUFFIN
WITHOUT YOU

I WHALEY
LOVE YOU

YOU'RE ONE
IN A CHAMELEON

I DID NOT MACARON
CHOICE CHOOSING YOU

OWL ALWAYS
LOVE YOU

DONUT EVER
LET ME GO

I'VE FALLEN
FOR YOU

YOU'RE ONE
IN A MELON

LET'S LIVE APPLE-LY
EVER AFTER

www.ingramcontent.com/pod-product-compliance
Lightning Source LLC
Chambersburg PA
CBHW041141010826
48981CB00036BA/420